大偵探
福爾摩斯

—— 米字旗殺人事件 ——

SHERLOCK HOLMES

大偵探 福爾摩斯

───── 米字旗殺人事件 ─────

逃亡之夜

「這邊！快！」一個壓得低低的聲音在催促。

兩個黑影彎着腰，迅速追上一個領在前頭的黑影。

「穿過叢林就會見到一條河，游過河後他們就很難再追來了。」領頭的黑影說完，頭也不回地竄進了前方的叢林。兩個黑影慌忙跟上。

突然，「汪汪汪！汪汪汪！」一陣狗吠聲從遠處傳來，把三人嚇了一跳。

「糟糕！軍犬已追到來了！」一個黑影說。

「**辛格**，怎麼辦？」另一個黑影問。

「唔……」那個叫辛格的黑影略有猶豫，但馬上又果斷地說，「集中在一起太危險了，我們分三路逃吧，看誰幸運能夠逃脫。」

「說的也是，總好過三個人一起被他們抓回去。」一個黑影說。

「嗯！」另一個黑影也用力地點點頭。

「記住，誰能逃脫，就由誰來為大家**洗脫罪名**！」辛格的語氣中充滿了憤慨。

「好，就這麼決定！否則死也死得不眼閉！」兩個黑影齊聲說。

「汪汪汪！汪汪汪！」軍犬的吠聲越來越接近了。三人迅即散開，分三路而逃。

辛格拚命地跑，穿出叢林後，他馬上嗅到了一股潮濕的空氣襲來。同一剎那，他也看到了水面上閃爍不定的月光。

「是河！」他沒時間細想，就直往河奔去。

「噗咚」一聲，他躍下了河。

河水很急，但軍中的渡河訓練沒白費，他知道只要順着水流方向打斜游往對岸，就不必花過多的氣力。

游呀、游呀，當游到河中心時，他肯定自己已脫險了。這時，他才有餘力回頭望，在湍急的水聲中，他隱隱約約地聽到了狗吠聲和槍聲，但剛才下水的地方很黑，他什麼也看不見。

　　「希望他們也能脫險吧。」他在心中祈禱。他知道，要是給軍隊抓回去的話，必死無疑。

　　「什麼？其中一個跳河失了蹤？」英軍的軍營中，荷夫曼上校喝問。他看來雖然已五十多歲，但長得體型健碩又一臉威嚴，加上那個有如獅吼般的聲音，下屬們見到他都非常害怕。

　　「是的，我們抓回兩個，一個叫辛格的二等兵跳進了河中，轉眼間就不見了蹤影。」負責追捕的中尉戰戰兢兢地報告。

「全都是廢物！他們是罪犯，必須**軍法處置**！怎可讓他們逃脫？」荷夫曼上校怒罵。

「大伯，算了吧。」站在一旁的年輕少尉說，「可能他已給河水沖走了，就算他逃出生天，也會被**通緝**，壞不了事。我們只要把抓回來的兩個當眾**問吊**，就能平息事件了。」

「**住口！**在軍中我是上校，不是你的大伯！」上校怒吼，「要不是你們幹的好事，又怎會惹來這麼多麻煩！」

年輕少尉被罵得垂下頭來，慌忙退到一旁。

「唔……為免**夜長夢多**，明天就行刑吧。」
上校沉吟半晌後說，「記住，一定要請村中的
長老來監刑和公開行刑的過程，否
則不能安撫村民。這次的命案由我
們而起，加上又是一起最會惹起民

憤的謀殺案，處理得不好，發生騷亂又傳回倫敦去的話，我這個上校也會**烏紗不保**。」說完，他狠狠地盯了那個年輕少尉一眼。

翌日，廣場上架起了一個臨時搭建的**絞刑台**。荷夫曼上校、幾個軍官和兩個村中長老神色凝重地站在絞刑台正前方，四周則圍滿了觀看的士兵和村民。

「來了！」有人在人群中說。

兩個戴着深色頭套的二等兵，被四個高大的士兵押着，步上了絞刑台。

「**冤枉呀！冤枉呀！**我們沒有殺人！那女孩不是我們殺的！」其中一個拚命地掙扎和大叫，但他無法掙開押着他的士兵，**繩圈**還是牢牢地套在他的脖子上。

另一個並沒有掙扎，他順從地任由擺佈，

冷靜得叫人感到有點可怖。然而，當他被套上繩圈之後，卻突然仰天長嘯：「**辛格！辛格啊！**你一定要為我們伸冤！一定要為我們伸冤呀呀呀呀呀呀！」

那一陣長嘯聲震懾了場中所有人，連執行死刑的劊子手都給他那死神似的呼喊嚇呆了。

荷夫曼上校鐵青着臉，高聲下令：

「**行刑！**」

一定要
為我們
伸冤呀

辛格！
辛格啊！

一直站在他身旁的那個年輕少尉也顫動着嘴唇怒叫：「**行刑呀！行刑！**」他的怒叫雖然響亮，卻掩飾不了他內心的《恐懼》。

劊子手如夢初醒般，用盡全身的氣力，「喀嚓」一聲，把行刑的把手猛地壓下去。

喀嚓！！

慈善籌款晚會

五年後。

倫敦朗廷酒店的宴會廳站滿了紳士淑女，他們都喝着香檳，優雅地交談着。在他們的後方，是一個小講台，講台後面掛着一幅橫額，上面寫着「退伍軍人慈善籌款晚會」。

　　華生拿着一杯酒，站在人群的外圍，顯得有點渾身不自在。其實，他並不習慣這種上流社會的社交場面，要不是與他一起退役的好友拳拳盛意地提出邀請，而這個晚會又是為傷殘

軍人籌款的話，他一定寧可在家中聽老搭檔福

爾摩斯的**瘋言瘋語**。

「各位朋友，
歡迎大家抽空來參加
這個籌款晚會！」一個
由揚聲器傳來的聲音打
斷了華生的思緒。

他往演講台那邊看
去，只見**西裝筆挺**的司儀對着麥克風宣佈：
「我們現在有請退伍軍人慈善基金會的主席荷
夫曼先生致詞！」

在轟隆的掌聲中，一個穿着**燕尾服**的紳士
登上了講台。場中所有人都知道，這位荷夫曼先
生，就是那位在阿富汗的戰場上**無堅不摧**的
將領，他三年前以少將的軍階退役，在政府高層

的安排下，當上了**倫敦軍事科學院**的院長。

荷夫曼在當院長之餘，在兩年前還創辦了一個退伍軍人慈善基金會，專門為生活困難的退伍軍人安排工作，又籌款救濟傷殘的軍人和陣亡軍人的**家眷**，所以深得社會大眾的敬重。

這一天，就是每年一度的籌款晚會，上流階級的**達官貴人**為了顯示愛國和對軍人的支持，都樂意**慷慨解囊**。當然，荷夫曼也有過人的魅力和威懾力，只要他開口，有錢人都對他**敬畏三分**，不敢把他拒之門外。

「多謝大家賞面出席『退伍軍人慈善基金會』成立兩週年的這個籌款晚會，我們已籌得超過 **100萬鎊** 的款項。這些錢都會用在退伍軍人的福祉上，在此，我謹代表他們向大家致以衷心的謝意！」荷夫曼那 **雄渾有力** 的聲音響遍全場，「好了，我也不多說了，酒微菜薄，請大家慢用吧！」

「荷夫曼先生，請留步。」司儀說，「皇室為了感謝你對退伍軍人的貢獻，特別送來了一枝 金筆，以表敬意。」

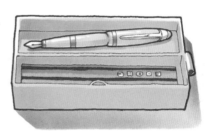

英女皇派來的特使登上講台，遞上了金筆。在荷夫曼接過金筆的一刻，全場 **掌聲雷動**。在掌聲之中，一隊樂隊出場，一邊奏起輕快的音樂，一邊把荷夫曼送下講台。接着，賓客們

又繼續喝他們的酒和閒聊他們還未談完的話題了。

荷夫曼臉上掛着滿意的笑容環視全場，然而，偶爾，他的眼底會閃過一下嗜血的殺意。

「大伯。」一個西裝筆挺的年輕人，神色慌張地湊到荷夫曼耳邊說，「我們收到一封勒索信！」

「什麼？」荷夫曼大驚，但機警的他馬上以兩眼橫掃了一下周圍的人。他知道，這種事情絕不能讓旁人聽到。

「信上怎樣寫？」荷夫曼問。

年輕人聞言，馬上把手伸進西裝的內袋，狀似要把信拿出來。

「傻瓜，你想引起別人的**注目**嗎？不要把信拿出來，把內容告訴我就行了。」荷夫曼低聲罵道。

「是的。」年輕人慌忙把手縮回來，並壓低嗓子說，「信中說已把兩枚**計時炸彈**放在倫敦市內，如果不支付勒索金的話，就會引爆炸彈。而且，還說其中一個炸彈就放在**大笨鐘**的鐘樓裏。」

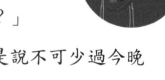

「唔……他要勒索多少錢？」

「信中沒有寫明金額，只是說不可少過今晚籌得的款項。」

「什麼？」荷夫曼**赫然一驚**，他沒想到勒索者竟會提出這樣的條件。

「難道……」荷夫曼心中暗忖，「難道……他查出了善款的……」

年輕人好像看穿了荷夫曼心中所想似的，輕聲說：「信中沒有寫明原因，也沒有說要揭露什麼秘密。信也不是寫給大伯你的，收件人只是倫敦軍事科學院，我看他只是想向政府要錢。」

　　「唔……」荷夫曼沉吟半晌，然後自言自語地問，「既然如此，他為什麼不把勒索信直接寄到唐寧街首相府，而要寄給我們呢？」

　　「會不會只是鬧着玩的惡作劇呢？」年輕人忽然說。

荷夫曼神色凝重地搖搖頭，他知道這不是惡作劇，這明顯是衝着 慈善籌款 而來的，否則勒索者對勒索金額不會提出那種奇怪的要求，而信也不會寄到軍事科學院。

不祥之兆 有如一股黑沉沉的潮水般在他心中湧至。不知怎的，阿富汗那條荒村的 絞刑台 忽然在眼前浮現。這幾年來，當遇到什麼令自己不安的事情時，那個荒涼的風景就會如 鬼魅 般在腦中浮現，那個仿如死神似的呼嘯則在耳邊 縈繞不散。

「辛格！辛格啊！你一定要為我們伸冤！一定要為我們伸冤呀呀呀呀呀呀呀呀！」

想到這裏，荷夫曼全身打了一個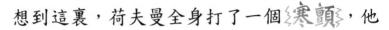寒顫，他往手錶瞥了一眼，心中暗忖：「怎會這麼巧合，難道**那傢伙**真的找上門來了？」

神秘的字條

「那不是**河馬巡警**嗎？」福爾摩斯指着前方說，「看來今早收到的那張字條並不是惡作劇呢。」

華生朝大偵探所指的方向看去，果然，河馬巡警正在一間木屋門外**站崗**，看來屋內真的發生了兇案。

兩人和河馬巡警是**老相識**了，向對方打了個招呼，就逕自步進屋內。一踏進屋內，兩人都聞到了一種帶點辛辣味道的**香氣**。

簡陋的屋中，只見蘇格蘭場孖寶幹探李大猩和狐格森一臉苦惱的站在一具屍體旁邊，看樣子一定是找不到什麼線索了。

狐格森看到兩人到來，有點詫異地問：「怎麼你們這麼 消息靈通 ，知道這兒發生了兇案？」

　　「是有人叫我們來的。」福爾摩斯說，「今早有一個紙團擲進我們家中，說這裏發生了兇案。」

「真的嗎？通知你們的是什麼人呢？怎會知道這裏發生了兇案呢？」狐格森感到奇怪。

「我們也不清楚，字條上沒有*署名*。」福爾摩斯說，「對了，你們又怎知道這裏有人被殺的？難道有人報警？」

「不，我們是循黑市軍火商線人提供的消息才追蹤到來的。」

「黑市軍火商？」福爾摩斯大感意外。

「哼！」李大猩狠狠地咬了一口香蕉，「可惜的是，找不到炸彈。」

「炸彈？什麼意思？」福爾摩斯更驚訝了。

「倫敦軍事科學院在這個月4號找我們的局長，說收到一封M博士的恐嚇信，信中說他會在倫敦某兩個地點放置兩枚計時炸彈。」

「啊，M博士竟然出動到恐嚇勒索，這不是他的犯罪風格呀？」福爾摩斯感到奇怪。

「哼，他有什麼風格可言。」李大猩悻悻然地說，「那傢伙一定是缺錢用，才出此下策。」

華生插嘴道：「我幾天前還見過科學院的院長荷夫曼先生呢。」

「啊？你認識他？」狐格森問。

「不，他是退伍軍人慈善基金會的主席，幾天前舉行**慈善籌款晚會**，我是在晚會上看見他的。」

福爾摩斯想了想，說：「這有點奇怪，M博士的恐嚇對象為什麼是倫敦軍事科學院呢？那只是一個**學術機構**，本身並沒有什麼錢呀。」

「嘿嘿嘿，你有所不知了。」李大猩說，「恐嚇信的目標不是軍事科學院，而是退伍軍人慈善基金會。因為，信中指明勒索金額要與基金會籌得的**善款**相等。」

「100萬鎊?」

「啊,那豈不是相等於100萬鎊?」華生想起了在晚會中曾聽過的善款數字。

「正是。」

「原來如此,M博士也真卑鄙,竟然打慈善基金的主意。」福爾摩斯說。

「荷夫曼先生是個**德高望重**的退休少將,看來M博士是想在勒索之餘,也順便**羞辱**一下他吧。」華生猜測。

「有這個可能,這倒符合M博士的犯罪風格。」福爾摩斯說。

「別提什麼風格了。」李大猩不耐煩地說,「信中說第一枚炸彈放在倫敦**大笨鐘**裏面,我們去搜查過,在機房內果然找到了那枚炸彈。」

神秘的字條

「我們循炸藥來源入手調查，得悉最近有人曾購入可製造炸彈的火藥，可是我們追蹤到來時，他已被人殺了。」狐格森不忿地說。

「死者大概是個印度人吧？」福爾摩斯忽然問。

「你連屍體的面容也沒看，怎知道他是印度人？」李大猩感到奇怪。

「我一踏進來，已聞到一種香料的氣味，這種香料常用於印度咖喱。」

「哼！又給你猜對了。」李大猩有點不爽地說，「據鄰居說，這個短命鬼確是來自印度。他名叫森美，在附近一間專收印度移民子女的中學任教，是一個數學教師。在大笨鐘發現的炸彈，很可能就是他製造的。」

「M博士的黨羽分佈於各行各業之中，沒想到連印度移民學校的中學教師也甘願當他的棋子。」福爾摩斯感到詫異。

「但他為什麼要把其中一個炸彈的放置地點告訴警方呢？」華生摸不着頭腦。

「這是為了表明他會動真格，第一枚是警告，不付錢的話，他就會引爆第二枚了。」福爾摩斯道。

「哼！」李大猩又狠狠地咬了一口香蕉，「那

個M博士真可惡，竟以這種手段來勒索，但政府高官們更**窩囊**，知道真的有炸彈後，馬上害怕得**寢食不安**，但又不能動用退伍軍人慈善基金會的善款，所以只好準備動用**公帑**付款！」

「不過，我們還未收到何時付款的通知。」狐格森說。

「哼！最可恨的是森美死了，叫我們難以追查下去！」李大猩悻悻然地往地上的死屍瞪了一眼。

福爾摩斯在屍體旁邊蹲下來，仔細地檢視了一下後說：「唔……**太陽穴**一槍致命，幹得

非常乾淨利落，是專業殺手所為。」

「最頭痛就是遇上這種**專業殺手**，一點線索也沒留下來。」狐格森大歎倒霉。

「全部地方都搜查過了嗎？」福爾摩斯問。

「全看過了，這間木屋很**簡陋**，連廁所和廚房也沒有。」狐格森說，「我們只花10分鐘就把每一個角落都看完了，什麼線索也找不到。」

「真的是**家徒四壁**呢。」華生環視了一下屋內說，「只有一張床、一張書桌、一張椅子、一個木櫃、一個工具箱和一個痰盂。」

福爾摩斯走近放在桌上的**工具箱**，小心地翻了翻說：「除了**鉗子**、**螺絲批**和一根紅色的**蠟筆**外，還有**電線**、一些**鐘錶零件**和半包**火藥**，看來是製造計時炸彈時剩下來的。」

李大猩說：「那些我們也看過了，足以證明線報沒錯，森美曾經製造計時炸彈。」

突然，福爾摩斯好像發現什麼似的，走近掛在牆上的**月曆**，說：「這個月曆有點特別呢。」

「有什麼特別？不就是一個月曆嗎？」李大猩不屑一顧似的說。

「不，這個月曆的四邊印着**萬國旗**作裝

33

飾，並在**英國國旗**上打了個叉。」福爾摩斯指着他的發現說，「此外，這個月的**18**號上也打了個叉呢。」

這說話觸動了孖寶幹探的神經，兩人連忙湊到月曆前細看。

「這頁月曆是4月，就是這個月，在18號上打個紅色的叉，究竟是什麼意思呢？」狐格森自言自語。

李大猩摸摸下巴上的鬚根，突然眼前一亮：「這是暗語！」

「暗語？什麼意思？」狐格森問。

「嘿嘿嘿，不明白嗎？」李大猩如獲至寶似的說，「M博士為免暴露行蹤和讓人知道指令的內容，一向喜歡用暗語傳遞訊息。月曆上兩個紅色的叉，就是M博士發給森美的指令。英國國旗代表地點，18號代表日期！這是第二枚炸彈引爆的地點和日期！」

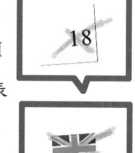

「啊！」狐格森說，「難道M博士指示森美在炸彈的計時器上設定**4**月**18**日引爆？今天是9號，距離現在還有9天！」

「嘿嘿嘿，還用說。」李大猩**不可一世**地說，「我的推論不會錯。」

「可是……」華生想了想說，「M博士的勒索信不是早已預告在倫敦某個地方放置第二枚炸彈嗎？用紅筆在英國國旗上打叉豈不是**多此一舉**？」

狐格森覺得這個分析有理，於是趁機打擊一下李大猩的銳氣：「對，況且英國這麼大，暗語發出這樣的指示，說了也等於沒說，完全不合情理。」

「這……」李大猩一時**語塞**，但馬上反擊

道，「哼！我起碼猜中了日期，比你站在那裏**發呆**要好得多。」

「你！」狐格森正想發作，福爾摩斯連忙舉手制止。

「不要吵了，李探員說得對，兩個紅色的叉都可能是暗語。」福爾摩斯說，「不過，除了你們爭論的問題外，還有**兩個疑問**要弄清楚。」

「哪兩個疑問？」華生問。

「 **一** 森美為什麼會被殺？殺他的人又是誰？ **二** 18號那個紅色的叉，真的就是表示4月18日引爆炸彈嗎？如果是暗語，又哪會說得如此清楚。」福爾摩斯分析道。

聞言，李大猩不服氣地反問：「那麼，你又有什麼看法？」

「我的看法嗎?」福爾摩斯往地上的屍體瞧了一眼,「森美很可能是**M博士**一夥殺的,為的是**滅口**。因為計時炸彈做好了,爆炸的日期也設定了,森美的作用也就完了。此外,月曆上兩個紅色的叉只是解開一個暗語的**密碼**。」

「森美被殺的原因,我早已猜到了,因為除了M博士一夥外,根本沒有人會去殺一個**數學教師**。」李大猩說,「不過,兩個叉不就是兩個意思嗎?怎會只是一個暗語?」

「嘿嘿嘿,如果叉是M博士打上去的,以他

那麼精明，又怎會把放炸彈的地點和日期都寫在一個月曆上。這樣做太危險了，很容易被人識破啊。」福爾摩斯分析道。

三人想想又覺得有理，於是不約而同地望着福爾摩斯，期待他進一步的分析。

福爾摩斯續道：「以暗語傳遞訊息，為了保密，常會設計兩個密碼。」*

「這麼說來，那兩個密碼就是『英國國旗』和『18』，我們必須先找出兩者的關聯，才能進一步拆解暗語的意思。」華生說。

「對，如果能找出兩者的關聯，相信問題就能迎刃而解。」

「國旗是國家的象徵，難

*有關暗語的解說，請參看《大偵探福爾摩斯⑳西部大決鬥》。

道是暗示英國國慶日？」狐格森脫口而出，但馬上又否定了自己的說法，「不對，英國是沒有國慶日的，這個推論不成立。」

「難道跟英國國旗的顏色有關？抑或是與它的尺寸大小有關呢？哎呀！太複雜了，我想不通啊！」李大猩脫下帽子，拚命撓頭。

正當眾人陷入了死胡同，想來想去也想不出具說服力的答案時，突然，河馬巡警急匆匆地跑進來說：「有一個流浪漢交給我一封信，說是給福爾摩斯先生的。」

「給我的信？誰知道我來了這裏呢？難道——」福爾摩斯猛然**醒悟**什麼似的，連忙打開信函一看。一如他所料，跟今早擲進家中的字條一樣，那是一封**告密信**，說森美把炸彈交給了另一人！眾人馬上趕往信上的地址去……

拼版術

　　半小時後，眾人已按信的指示，去到了一幢四層高的樓房樓下，據信上說，目標犯人住在四樓B室。

　　「對方手上有**炸彈**，我們得非常小心。」福爾摩斯抬頭看着四樓說，「如果炸彈在樓房裏爆炸，會傷及很多**無辜**的住客。」

　　「是的。」狐格森點點頭，「我們悄悄地進去，殺他一個**措手不及**。」

　　「不！」李大猩制止，「河馬守在前門樓下，我和你上樓去抓人。福爾摩斯和華生到後樓梯下面守着，以防犯人從後門逃走。」

　　李大猩分析案情時雖然**魯莽**，但對如何執行拘捕，有時卻很懂得**部署**。

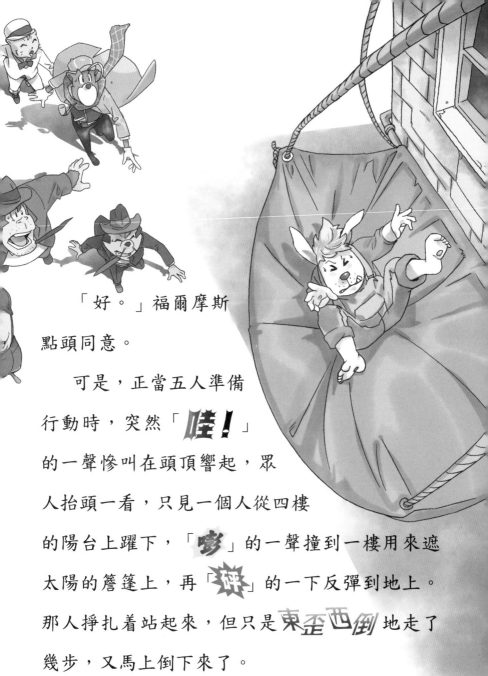

「好。」福爾摩斯
點頭同意。

可是，正當五人準備
行動時，突然「哇！」
的一聲慘叫在頭頂響起，眾
人抬頭一看，只見一個人從四樓
的陽台上躍下，「嘭」的一聲撞到一樓用來遮
太陽的簷篷上，再「砰」的一下反彈到地上。
那人掙扎着站起來，但只是東歪西倒地走了
幾步，又馬上倒下來了。

太過**突如其來**了，眾人被嚇得呆了半秒，

還是福爾摩斯和李大猩反應夠快，兩人迅即飛奔

過去，可是，倒在地上的那人

已口吐**鮮血**，昏過去了。

「難道他就是我們要找的

人？」狐格森也奔過來問道。

「一定就是他！」李大猩道，

「他看見我們來抓他，於是想跳樓逃走！」

驚魂甫定的華生也走過來了，他說：

「從四樓跳下來逃走？不摔死也會摔斷腿啊，

不可能吧。」

「糟糕！」這說話觸動了福爾摩斯似的，他拋下一句「**是殺人滅口**」就往樓上衝去。

「狐格森，不要走開！河馬，快去叫人！華生醫生，急救！」李大猩說完，也迅即奔上樓去。

不一刻，福爾摩斯下樓來了，李大猩則**垂頭喪氣**地跟在後面，不用說，他們並沒有抓到兇手。

「怎麼了？找到炸彈嗎？」狐格森焦急地問道。

「不但找不到炸彈，初步看來，兇手也沒留下有用的線索。」福爾摩斯搖搖頭。

「我在急救時，搜過他身上的東西，只在他的口袋裏找到這張紙。」華生說着，把一張**折了兩折的紙**遞上。

就在這時，河馬領着救護人員來了，他們急忙把仍然昏迷的傷者抬上了馬車，送到醫院去了。

福爾摩斯打開那張紙，只見紙的前後兩面都分別寫着兩行英文字母，而其中兩行更是倒轉寫的。

前

後

李大猩和狐格森也湊過來，不約而同地問道：「又是暗語？但那些字是什麼意思呢？」

「唔……」福爾摩斯盯着手上的紙說，「現在還不知道，不過，如果月曆上的兩個叉是表

示預設的爆炸日期，那麼，這張紙寫的一定是M博士放置炸彈的**地點**了。」

這時，一個中年漢子在圍觀的人群中走過來問道：「**卡特**怎麼了？街坊說他墮樓受了重傷。」

「他叫卡特嗎？你是他的什麼人？」李大猩反問。

「啊，我是他的**工友**，他和我都在附近的印刷廠工作。」中年漢子答。

「**印刷廠？**」福爾摩斯連忙再看一看手上的紙，似有所悟地問道，「他負責什麼工作？」

「他是**拼版部**的技工，專門負責把印刷用的版面拼版。」

「什麼？」福爾摩斯眼裏閃過一下異常的光芒。

華生看在眼裏，他知道，中年漢子的回答觸動了老搭檔的**神經**。可是，書籍的拼版技工與炸彈又有何關係？難道這個工作與那張紙上的暗語有關？「**是拼版術！**」福爾摩斯壓低嗓子，湊到李大猩的耳邊說。

「拼版術？什麼意思？」李大猩高聲反問。

「哎呀！這裏人多，別那麼大聲重複我的說話呀。」福爾摩斯一邊低聲**斥責**，一邊小心地觀察周圍的人群。

「不必那麼緊張吧，我也聽不懂什麼『拼版術』，難道那些看熱鬧的人會懂嗎？」

「算了。」福爾摩斯知道多說也沒用，只好把原本攤開了的那張紙折了**三折**，然後放在掌中窺視。

「**鬼鬼祟祟**的，搞什麼啊？」李大猩問。

狐格森也覺得福爾摩斯的舉動有異，問道：「究竟怎麼了？有發現嗎？」

　　福爾摩斯沒有回答，他看完後，迅速把紙塞進袋中，說：「**走！**」

　　「走？去哪裏？」李大猩問。

　　「先別問，否則可能趕不及了。」福爾摩斯說完，隨即奔向一輛停在路邊的**馬車**，然後在馬車夫耳邊不知說了些什麼，就鑽上車去了。

　　李大猩三人見狀，連忙也跟上去。

　　「開車！要快！」福爾摩斯未待三人坐穩，已馬上下令。

　　「**嗨！**」馬車夫大喝一聲，馬車立即開動。

折紙遊戲

「現在沒有人聽見了，可以說了吧？」馬車上，狐格森趕緊問道。

「不好意思。」福爾摩斯有點歉意地說，「我剛才不是故弄玄虛，只是總覺得人群中有人在監視我們，所以得小心防範。」

「原來如此。」華生說，「怪不得你剛才那麼緊張了。」

「哎呀，閒話少說，我們要去什麼地方，快說吧。」李大猩不耐煩地說。

福爾摩斯沒理會他的催促，不慌不忙地掏出那張紙，說：「你們看，這張紙前後分別寫了兩行字，而且其中一行都是倒轉來寫的。」

前　　　　　　　　　　　　　後

「這個我們早也看到了，與現在要去的地方有何關係？」狐格森問。

「華生發現這張紙時，是這樣**折了兩折**的。」福爾摩斯像沒聽到問題似的，自顧自地把紙折了兩折。

「那有什麼特別？」李大猩問。

「折成這樣後，一面是寫着 **CA**，另一面寫着 **LS**。」福爾摩斯把紙的兩面給三人看了看。

「是呀，但又怎樣？當中有什麼意思嗎？」華生問，李大猩和狐格森**不約而同**地上身探前，等候福爾摩斯的回答。

「嘿嘿嘿，你們看不出有什麼變化嗎？」福爾摩斯狡黠地一笑，「折成這樣之後，所有字母都**沒有倒轉**了。」

「讓我看看。」李大猩一手奪過那張紙，輕輕翻開**窺視**。

「怎麼了？」狐格森問。

「果然沒有倒轉的字母呢！」李大猩**大感詫異**。

「真的嗎？」狐格森說，

「不過，就算這樣，也沒解開紙上的暗語呀。」

「不，只要這樣**折多一次**，就能知道那些字母的意思了。」說着，福爾摩斯又拿過紙片，再折了一下，令*L*和*S*分別在前後兩面顯示出來。

「這樣就算解讀成功了？」李大猩仍然摸不着頭腦。

「基本上是成功了。」福爾摩斯說，「不過，如果要清楚看到暗語的意思，還缺一個**步驟**。」

「別賣關子了，快做給我們看！」李大猩已沒耐性了。

「真的要做嗎？」

「真的！」

「你不後悔？」

「不會。」

「也不會責怪我？」

「為了破案，絕對不會。」

「好吧。」福爾摩斯別有意味

地一笑，「只要把S上邊和右邊的

邊緣撕去，暗語就現形了。」

說着，他毫不猶豫地動手就撕。

「哎呀！怎可以這樣？這是 **證物** 呀！」李大猩大為緊張，但要阻止已來不及了，大偵探已撕去紙的兩個邊緣。

「別緊張。」福爾摩斯從容不迫地說，「現在，只要從S那頁起，像看書那樣，從右翻向左，然後逐一唸出那些英文字母，暗語就會 **無所遁形** 了。」

狐格森聞言，連忙拿過那疊紙片，一邊翻一邊唸出那些字母——STPAULSCATHEDRAL。

狐格森唸完後，李大猩和華生都嚇得呆住了。暗語指的不就是——St Paul's Cathedral，那座倫敦著名的**聖保羅大教堂**嗎？

「太厲害了，竟能破解設計得這麼巧妙的暗語！」華生讚歎。

「沒什麼了不起，我對書籍和印刷術很有興趣，甚至走去參觀過印刷廠的版房，我一聽到卡特是書籍的**拼版技工**，馬上就看穿箇中秘密了。」福爾摩斯道。

「你剛才說什麼『拼版術』，難道就是這個意思？」華生問。

「沒錯。」福爾摩斯說，「其實，剛才那種**折紙法**，根本就是來自書籍的**拼版**和**釘裝法**。」

「來自拼版和釘裝法？」李大猩仍然不明所以。

「我們看書時，是一頁一頁地翻來看。」福爾摩斯說，「但印製書本時，不會一頁一頁地印，因為這樣太沒有效率了。一般來說，會把**16頁**的內容先印在一張**大紙**上，像我剛才那樣折三折，再裁去相連的兩邊，最後把中間釘牢，就形成一疊16頁順序的紙了。」*

1張紙的兩面等於2頁。

折一折後，變成了4頁。

折第二折，變成了8頁。

折第三折，並裁去相連的兩邊。變成16頁紙。

*一般來說，印刷書本時會在一張大紙上印上32頁內容，和對折四次，並稱為「一手紙」（印刷行的術語）。為方便說明，這裏只用了16頁（半手紙），但原理是一樣的。

「啊！我明白了！」華生說，「如果把10疊這樣的紙釘裝起來，就會變成一本160頁的書了。」

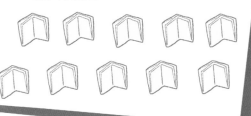
10疊16頁的紙。

釘裝在一起，變成一本160頁的書。

「沒錯，我知道卡特是個書籍的拼版技工，而紙上四行英文字母又分別頭頂頭似的排列，就想到那其實來自拼版術，只要把那張紙釘裝成一本小書的模樣，看似**雜亂無序**的字母就會自自然然地順序排列起來，暗語的意思就**無所遁形**了。」

「太巧妙了。」李大猩說，「M博士竟會想到利用別人的**職業特性**來傳遞暗語，要是不懂箇

中的專門技術，旁人真的不容易破解啊！」

「對，這個手法非常巧妙。」華生點點頭，「因為M博士毋須事先說明解讀暗語的方法，拼版技工出身的卡特也能馬上明白箇中意思。」

「唔？」福爾摩斯眼中靈光一閃，突然向李大猩問道，「你剛才說什麼？」

「怎麼了？我說什麼了？我剛才只是說M博士利用別人的職業特性——」

「啊！」福爾摩斯未待李大猩說完，已失聲驚呼，「對了！是『職業特性』！森美月曆上的

暗語，一定也跟他的**數學教師**身份有關！」

「數學教師……數學……」福爾摩斯神色緊張地自言自語，「月曆……18日……＋－×÷，英國國旗……幾何……圖形……」

「怎麼了？」華生問，「想通了什麼嗎？」

「**是9號！**炸彈引爆的日子是9號！」福爾摩斯叫道。

「什麼？9號？」李大猩大驚，「今天不就是9號嗎？」

「難道炸彈會在今天爆炸？」狐格森也大為緊張。

就在這時，馬車的行駛速度慢了下來。福爾摩斯往車窗外一看，道：「到了！」

眾人趕忙跳下車，直往教堂的入口奔去。

「教堂太大了，我們從哪兒開始搜查才好？」華生邊跑邊問。

「我到附近的警局召集多一些人來！」狐格森拋下這句說話，就飛奔而去了。

「先 疏散 裏面的人群，然後再搜查！」福爾摩斯叫道。

三人跑進教堂後，找到當值的牧師，簡短地說明原委後，馬上叫人群離開。教堂實在太大了，三人花了半個小時，才把不明所以的人群全部驅趕到屋外。這時，狐格森也帶領大隊人馬趕到了。

找了一個小時左右，一個警察在教堂的公眾廁所跑出來叫道：「在一個抽水馬桶的**儲水箱**中發現可疑物品！」

聞言，福爾摩斯等人馬上跑進去查看。果然，在廁所中，一個儲水箱上貼了一張寫着「**壞了**」的紙，箱中沒有水，卻有一個盒子。

福爾摩斯**小心翼翼**地把盒子從水箱中取出，並輕手輕腳地拆開。華生等人在旁看得 **心驚膽跳**，生怕大偵探稍一不慎，就會觸發炸彈突然爆炸。

「怎樣？炸彈有即時危險

嗎？」狐格森緊張地問。

「噓！」福爾摩斯把食指放在唇邊，然後掏出放大鏡仔細地檢查起炸彈來。

三人頓時不敢作聲。

突然，福爾摩斯的眼睛閃過一下疑惑，並馬上抬起頭來，以嚴峻的語氣說：「指針上顯示炸彈還有**十分鐘**就會爆炸，必須馬上處理。」

「什麼？」狐格森大驚，「可是……召拆彈專家來也至少需要一個小時啊！」

「我們馬上離開！」李大猩道，「叫已疏散

的人群盡量遠離教堂！」

「不！你們先走，我留下來處理炸彈。」福爾摩斯毅然道，「我對計時炸彈頗有研究，有信心把它**拆解**。」

華生連忙反對：「不行，這樣太危險了，萬一失手怎辦，你會被炸個**粉身碎骨**啊。我們還是一起撤離吧。」

「不，必須拆掉這個炸彈，否則這個**歷史悠久**的教堂就會被

摧毀，我不容許這種事情在我眼底下發生。」福爾摩斯堅持，「你們馬上走吧！放心，我一定會拆解這個炸彈的。」

李大猩想了一下，點點頭說：「好！就拜託你了，福爾摩斯先生！」他的語氣中，充滿了平時罕見的敬意。

華生雖然萬不願意，但在蘇格蘭場孖寶半拉半推下，只好也跑離現場。

他們迅速命令警員把人群疏散到幾百米以外，然後在教堂外的 廣場 上等候。華生看一看懷錶，只餘下 三分鐘 了。

　　廣場上空無一人，只有幾十隻 鴿子 在悠閒地啄食遊人丟在地上的飼料，太悠閒了，悠閒得有點叫人感到可怕。偶爾，鴿子發出「咕咕咕」的叫聲打破這種 死寂，才讓人感到這個世界還有生命的氣息。

　　然而，一分一秒地過去，福爾摩斯還沒有走出來。

　　「只餘下一分鐘了，怎麼辦啊？」華生再看

一看懷錶，**心急如焚**地說。

「只有相信福爾摩斯了。」狐格森神色凝重。李大猩則閉上眼睛不發一言，冷汗卻從他的額頭不斷滲出。

「**只餘下10秒了！**」華生的聲音中充滿了恐懼。

同一剎那，滿頭大汗的李大猩突然睜開**血紅**的雙眼，緊緊地盯着自己的手錶。

九、八、七、六、五、四、三、二、一！

三人心中的倒數完結，「**轟**」的一聲……卻沒有響起！

「啊，福爾摩斯成功了！他成功了！」狐格森大叫，「**炸彈沒有爆啊！**」

「成功了……成功了……」李大猩深深地呼了一口氣，放下心頭大石似的喃喃自語。

就在這時，福爾摩斯輕快地從教堂的大門步出，他手上還拿着那個計時炸彈。

三人馬上奔過去，華生興奮地說：「想不到你真的能成功拆彈。」

福爾摩斯狡黠地一笑，說：「嘿嘿嘿，我不是說過嗎？這種炸彈難不了我。」

「哼！這次就讓你出一次風頭吧。」李大猩一拳打在福爾摩斯胸口上。

「**哈哈哈！**對，這次就讓你出一次風頭吧！」狐格森也一拳打在福爾摩斯胸口上，大笑道。

接着，四個人不禁一起哈哈大笑起來，嚇得那些鴿子叭啦叭啦地一飛沖天。

米字旗的秘密

一場炸彈案暫時**安然落幕**，福爾摩斯和華生與蘇格蘭場孖寶道別後，走進附近一間咖啡廳，各自叫了一杯咖啡。

忙了一整天，兩人已累得癱坐在椅上，不想動彈了。

喝了一口咖啡，歇了一會後，華生抖出心中的疑問：「對了，月曆上明明是『**18**』號被打了叉，你怎知道引爆日期是今天『**9**』號的？」

「忘了嗎？被打了叉的還有**英國國旗**呀。」
福爾摩斯道，「那是破解日期的<u>關鍵</u>啊。」

「英國國旗跟『9』號有什麼關係？」

「看看這個，你就會馬上明白了。」福爾摩斯
從記事簿上撕下一張紙，把4月的月曆畫下來。然
後，在上面畫了一個「**米**」字。

「啊！」華生瞪大了眼睛，「『米』字代表
英國國旗，而4條線交叉的正中，正好是『**9**』
字呢。」

「對，其實英國旗代表的意思並不重要，重要的是旗上『米』字圖案，因為它很像數學的**幾何圖形**。」

　　「可是……」華生以疑惑的語氣問，「可是，為什麼『米』字要畫在這九天內呢？它可以畫在月曆上任何一個九宮格內呀。」

　　「你真是顧前不顧後，顧左不顧右。」福爾摩斯沒好氣地瞟了華生一眼，「這時，被打了叉的那個『**18**』正好派上用場呀。」

　　「『18』？」華生這才記起，連忙問，「對了，『18』究竟有什麼作用？」

　　「還看不出來嗎？」福爾摩斯說，「這個『米』字形的九宮格中，其實有**4**個

『**18**』，而這4個『18』相交的**中心**點就是『9』號呀！」

「啊⋯⋯」華生盯着「米」字形的九宮格，看了一會才恍然大悟，「我看到了，『米』字4條線的**頭**和**尾**兩格中的數字，加起來都是『**18**』！」

			1	2	3	4
5	6	7	8	9	10	11
12	13	14	15	16	17	18
19	20	21	22	23	24	25
26	27	28	29	30		

2+16=18
3+15=18
10+8=18
17+1=18

「嘿嘿嘿，終於明白了吧。」福爾摩斯笑道，「這是一個很多數學教師都懂得玩的遊戲，只要在月曆的任何九個數字上畫一個九宮格，『米』字4條線的頭和尾兩格中的數字，加起來都是一樣的。主犯一定知道森美也懂得玩這個遊戲，才會設計出這樣的暗語。」

「可惜的是，我們仍未找到主犯M博士啊。」華生有點兒不忿地說，「他才是罪魁禍首。」

福爾摩斯搖搖頭，說：「不僅如此，此案還有以下**五個疑問**未解。」

1 擲進我們家中的字條和河馬巡警拿來的那封告密信應該是同一人寫的，但那人究竟是**何方神聖**？

2 還有，那人為什麼要這樣做？

3 勒索者為何要把勒索信寄到倫敦軍事科學院？他真的只是為了**挑戰權威**而搞一場惡作劇那麼簡單？

4 勒索者為何指定勒索款項要與退伍軍人慈善基金會籌得的款項相同？箇中有何含意？

5 放在教堂的那個**炸彈**為何不會爆炸？

「什麼？」華生以為自己聽錯了最後一個疑點，「那個炸彈不是你冒着**生命危險**拆解了，才不會爆炸嗎？」

「嘿嘿嘿……」福爾摩斯別有意味地一笑，「性命比什麼都重要，沒有百分之一百的**把握**，我才不會冒這種險呢。」

「可是，拆彈這種事情，怎會有百分之一百的把握啊。」

「有！」福爾摩斯說，「如果那個是**假彈**的話。」

「假彈？難道……那個是假彈嗎？」

「正是！」

「真的？」

「真的。」

「那……那豈不是你欺騙我們，害我們白白擔心一場？」華生**大為光火**。

「別生氣嘛。」福爾摩斯笑道，「為了瞞騙未知的敵人，我必須這麼做。」

「未知的敵人？」華生摸不着頭腦，「別**語焉不詳**了，快解釋給我聽。」

「其實，我從水箱中取出炸彈後，用放大鏡檢視時，發現計時器並沒有**接駁**到炸彈上，一眼就看穿那個是假彈了。」福爾摩斯說，「我沒說出來，是不想李大猩他們把這個消息散播出去，以免干擾了我的調查。」

「難道你發現這起炸彈案背後還隱藏了**重大的問題**？」

「沒錯，我發現那個是假彈後，馬上想到——」

「想到什麼？」

福爾摩斯眼中閃過一道凌厲的目光：「想到——這並不是M博士所為！」

「啊！」華生大為驚訝，「可是……可是那封勒索信不是M博士寫的嗎？」

「這正是我馬上要去查清楚的地方。」福爾摩斯狡點地一笑，「你回家等着，有結果後我馬上回來。」

說完，福爾摩斯如一陣風似的揚長而去。

華生嘀咕：「那傢伙是不是不想結賬，所以藉詞而遁？」

深夜12時左右，福爾摩斯不掩興奮地踏進家門，等他等得差不多要睡着的華生連忙問：「有結果了？」

「這個還用說，我動用了政府最高層次的關係，把那封**勒索信**拿到手，並當場用**顯微鏡**檢視過了。」福爾摩斯一坐下來，就說道。

「你在政府裏竟然有這種關係？」

「嘿嘿嘿，你忘了那宗『**密函失竊案**』嗎？當今**首相**還欠我一個人情呢。」*

「啊，原來如此。」華生恍然大悟。

「我發現，信中內容和M博士的署名雖都是用**黑色墨水筆**寫的，但墨水的**顏料**並不相同。」

「你的意思是……」

「M博士的署名是後加上去的。」

*詳情請參看《大偵探福爾摩斯⑨密函失竊案》。

倫敦軍事科學院：

　　本人已在倫敦市內兩個地點放置了計時炸彈，如不支付與「退伍軍人慈善基金會」籌款晚會所籌得金額相同的款項，炸彈就會在預定時間內爆炸。

　　為表誠意，現告知其中一枚炸彈就在大笨鐘鐘樓之內。請儘速拆除，以免傷及無辜。

　　有關付款辦法，容後告知。

M.

M博士的署名

「什麼？署名是後加的？」華生大吃一驚。

「嘿嘿嘿，我和你一樣，一直被『M博士』這個名字迷惑了。」福爾摩斯説，「一聽到他的名字，就對他寫信勒索一事深信不疑，因為他確實是一個無惡不作的大壞蛋，絕對做得出這種事來。幸好，那個假炸彈戳穿了這個騙局。這不是M博士的犯罪風格，他絕不會做如此無聊的事。」

「唔……」華生撐着腮子自言自語，「如果跟M博士無關，那麼又跟誰有關呢！」

「不，我並沒有說過跟M博士無關。」福爾摩斯糾正，「我只是說假彈不是他放置，勒索信也不是他寫而已。」

「這可叫我感到糊塗了。」華生說，「既然如此，這個案子又跟他有何關係呢？」

「他只是那個通風報信的人。」

「什麼？你是指通知我們去找森美和卡特，並利用你破解暗語的人就是他？」華生大感意外。

「對，在倫敦能夠與蘇格蘭場警力匹敵的組織，只有M博士一夥。」福爾摩斯說，「能夠處處比警方早著先鞭，先找到森美，繼而又找到卡特的，除了他們之外，根本不可能有其他人。」

「可是，M博士為何要向我們通風報信呢？」華生問。

「你還記得那宗與**波希米亞世襲國王**有關的案子嗎？」*

「當然記得，那個蒙面國王原來是M博士的手下，我們還遇上了一個**武功高強**的女俠呢。」華生說。

「對，在那個案子中，M博士利用我們去為他找出對他不利的照片。」福爾摩斯說，「這次，他雖然已找到製造炸彈的森美和放置炸彈的卡特，但還未找到案中的**主腦**，又解不開月曆上和折紙上的暗語。於是，就**重施故技**，想到借助我來把那兩個暗語破解，並揪出案中主腦。」

「這麼說來，難道M博士他們一直在監視我

*詳情請看《大偵探福爾摩斯⑰史上最強的女敵手》。

們，**追蹤**着我們每一步的行動？」華生問。

「嘿嘿嘿，這個還用說嗎？卡特墮樓後，那些圍觀的人群當中，我就感覺到混進了Ｍ博士的人。說不定，我們現在也正在被人**監視**呢。」

華生**赫然一驚**，悄悄地走到窗旁，揭開窗簾看看有沒有人在監視，可是，他沒有發現可疑的地方。

「不必那麼緊張，Ｍ博士不會那麼笨，會派人在你看到的範圍監視我

們。」福爾摩斯狡黠地一笑。

華生聞言舒了一口氣：「哎呀，你早說嘛，害得我《心驚膽顫》。不過話說回來，接着該怎麼辦？」

「當然是繼續調查下去。」

「但怎樣調查？我們只是找到假彈，其餘一點線索也沒有啊。」

「不必擔心，我已找到切入點了。」

「什麼切入點？」

「退役少將荷夫曼。」

「他？為什麼？」

「還用問嗎？」福爾摩斯說，「倫敦軍事科學院和退伍軍人慈善基金會都與他有關，勒索信雖然沒寫明寄給他，但明顯是衝着他而來，只有他，才會知道當中的秘密！」

院長
倫敦軍事科學院

主席
退伍軍人慈善基金會

「啊！」華生驚歎。

「而且，只有收到勒索信的人，才有機會在那封信上做手腳。就是說，只有荷夫曼才能在信中加上M博士的名字。不過，更重要的是，那個簽名是用皇室特製的墨水筆簽署的，而據首相府調查說，荷夫曼正正擁有一枝這樣的墨水筆！」

「啊，我記得！在退伍軍人慈善基金會籌款派對上，皇室為了感謝他對退伍軍人的貢獻，還特別送給他一枝金筆！」

「沒錯，就是那枝。」

「可是，他為什麼要假冒簽名，把勒索案算到M博士一夥的頭上去呢？」

「這是借刀殺人之計。」

「借刀殺人？」

「對，荷夫曼知道M博士不會放過假冒他的人，所以就在勒索信上寫上M博士的名字，借M博士的力來除掉勒索案的主腦。」

「但他交給蘇格蘭場去辦不就行了嗎？為什麼要通過M博士之手去除掉勒索者呢？」

「嘿嘿嘿，這正是我們要去調查的啊。」福爾摩斯說，「不

過，我估計荷夫曼已知道那個勒索案的主腦是誰，也知道那個人**掌握**了一些他不想被人公開的秘密。」

「原來如此。」

「嘿嘿，但他沒想到，M博士被他引入局之後，反過來，M博士又把我引入局中，形成一個四幫人混戰的局面。」

「這麼說來，我們今次面對的敵人，除了M博士之外，還多了一個荷夫曼和森美他們背後的主腦呢。」華生感到不可思議。

「是啊，不過對我來說，也有意外驚喜呢。」福爾摩斯笑道，「本來此案是沒有委託者的，首相府得悉此事後已叫我出手調查了，我還可以從中賺一筆可觀的調查費呢。」

「啊？難道首相府不相信蘇格蘭場？」

「不是不相信，只是荷夫曼戰功彪炳，又是個德高望重的人，有不少現役軍官都視他為偶像。如果搞錯了，可會得罪軍方高層。」福爾摩斯說，「所以，首相不能驚動蘇格蘭場，只好委託我去明查暗訪了。」

「啊，這麼一來，首相又欠下你一個人情了？」

「哈哈哈，你說得對，一來一回，結果還是欠我一個**人情**。」福爾摩斯笑道，「這個首相也真倒霉呢。」

「那麼，你準備怎樣調查荷夫曼？」華生問。

「這次要你出馬了。」福爾摩斯狡點地一笑，「你是**軍醫**出身，又在阿富汗打過仗，由你從軍方着手調查，相信比我要容易得多。」

「說的也是，荷夫曼在阿富汗打過很多年仗，我會找到對他比較熟悉的朋友。」

「**好！努力幹吧！一定要找出荷夫曼背後的秘密！**」

戰場遺恨

　　翌日，華生四出奔波，找到幾個已退役的軍中好友，打探夫曼的事情。眾口一詞地認為他是將領。了很多關於荷可是，他們都稱讚荷夫曼，一個出色的

「那麼，他的**個人品格**呢？你的朋友評價如何？」福爾摩斯聽完華生的匯報後問道。

「有關這方面，那幾個朋友就不太清楚了，因為他們從未與他共事，聽來的都是軍中對他的評價而已。」華生說。

「哎呀，這種風評和**道聽途說**差不多，不太靠得住啊。」福爾摩斯埋怨道，「我們要的是一手情報，你該找他軍中的部下來問嘛。」

「但我並不認識他的部下啊。」華生無奈地說。

「唔……」福爾摩斯喃喃自語，「人們都稱讚他，竟然連一點**負面評價**也沒有嗎？」

「噢，對了。」華生突然想起什麼似的說，「我不知道這算不算是負面評價。有一個朋友曾略帶不忿地對我說，荷夫曼彪炳的戰功，其實建立在

S族士兵的**累累屍骨**之上，要是沒有他們不怕死地衝鋒陷陣，絕不能在戰場上所向披靡。」

「S族？你說的是**印度的S族**嗎？」

「是，我軍在印度招了很多士兵，那些印度裔士兵當中，又以S族出身的最**驍勇善戰**。」*

「我對此也略有所聞，想不到英軍將領要靠**印度裔士兵**來立戰功，真諷刺——」福爾摩斯說到這裏，突然止住，兩眼閃過一下銳利的光芒。

*當年，印度是英國殖民地，有不少印度人加入了英軍。

「怎麼了？」華生感到詫異。

「印度！」福爾摩斯叫道，「難道這個案子與印度裔士兵有關？」

「為什麼這樣說？」

「你忘記了嗎？印度咖喱的氣味呀！」

「啊……」華生想起在森美家聞到的那股獨特的香草味，「你指的是那個被殺的數學教師！」

「對！他不正是印度人嗎？」

「難道……難道他和荷夫曼有直接關係？」

華生問。

「有沒有直接關係，我們循英軍**印度裔士兵**的方向調查，相信就可找到答案了。」福爾摩斯狡黠地一笑，「嘿嘿嘿，想不到你的調查，原來也有點用處呢。」

「哼！你這算是**譏諷**我，還是**稱讚**我？」華生不滿地說。

「哈哈哈，不要生氣。」福爾摩斯笑道，「總之你捉到鹿，讓我來**脫角**，也是很重要的貢獻呀。沒有你捉來的鹿，我也沒有角可脫呢。」

華生滿意地點點頭：「既然你認同我的貢獻，這次就不生你的氣吧。」

可是，他細心一想，這不是取笑他：*捉到鹿也不懂脫角嗎？*

突然，「砰」的一下關門聲響起，福爾摩斯已不見了蹤影，看來他在華生還未來得及發作之前，已逃回睡房睡覺去了。可憐華生只能氣得在客廳中直跺腳。

兩天後，福爾摩斯和華生在首相府的協助下，找到了荷夫曼部隊的一疊資料，當中有幾張在戰地上拍的照片，在其中一張集體合照中，福爾摩斯找到了一個與森美長得一模一樣的二等兵，一問之下，才知道他是一個逃兵，名字叫辛格！

那疊資料還顯示，荷夫曼部隊中的印度裔S族士兵全部**戰死沙場**，沒有一個能安全離開阿富汗。荷夫曼的戰功建立在S族士兵**累累屍骨**之上的傳聞，看來並不誇張。

福爾摩斯和華生還拿到了一張退役軍人的名單，他們都曾是荷夫曼的部下。兩人按名單逐一探訪，但那些退役軍人對辛格（森美）的事都**三緘其口**。

「真奇怪，竟然沒有一個人肯說出當年的事情。」華生有點感到喪氣地說。

「嘿嘿嘿，這倒證明我們的調查方向正確。他們一定是想**隱瞞**某些對大家不利的秘密，才會這樣。」福爾摩斯說，「名單上還有一個叫**森柏斯**的退役中尉，或許可以問出一點什麼來。」

兩人說着說着，來到了森柏斯家的門前。敲門後，一個七八歲左右的小男孩走來應門，他知道福爾摩斯要找森柏斯後，馬上向屋內叫道：「爸爸，有人找你。」

爸爸，有人找你。

一個中年人從屋內步出，臉帶疑惑地問：「請問有何貴幹？」

「沒什麼，我們是退伍軍人慈善基金會派來的，想訪問一些退伍軍人，了解一下他們的生活狀況，以便完善基金會的服務。」福爾摩斯客氣地道明來意。

華生已是第八次聽老搭檔撒這個謊了。開始時，那些受訪者都很樂意談自己的生活，甚至

緬懷當年在阿富汗戰場上的**往事**。然而，每當問到S族士兵和辛格（森美）的事時，他們就會不約而同地**臉色一沉**，不肯再談下去。

「這位森柏斯先生又會如何呢？」華生有點不安地想。

「哼！什麼慈善基金會，我最討厭那騙人的玩意。」森柏斯**一臉不屑**地說。

華生和福爾摩斯都感到非常意外，因為在此之前，所有受訪者都**眾口一詞**地稱讚慈善基金會的貢獻，沒有流露出絲毫反感。

「請回吧，我沒空接受你們的訪問。」說完，森柏斯已想關門。

「**且慢！**」福爾摩斯連忙用腳頂住門邊，

「你為什麼這樣說呢？你對我們基金會提供的援助不滿意嗎？」

「別**假惺惺**了！你們的基金會只是借為退伍軍人謀福祉之名來**牟利**罷了。」森柏斯怒道，「你以為我不知道嗎？捐款當中有很多錢都已被你們的高層**中飽私囊**了！」

聞言，福爾摩斯向華生遞了個**眼色**，似是說：我們找對人了，必須從他口裏挖出一些秘密來。

華生意會，馬上說：「不可能吧，我們剛剛才探訪過好幾位荷夫曼先生軍中的下屬，他們都收到**捐款$**和得到基金會的幫助啊。」

「嘿嘿嘿。」森柏斯冷冷地道，「我大概也猜到你們找過什麼人，他們都是**既得利益者**，當然這樣說。可是，你有沒有問過在印度的**遺屬**，他們又曾否收過捐款？」

「印度的遺屬？」福爾摩斯眼前一亮，故意問道，「你指的是印度裔**S族士兵**的遺屬嗎？」

森柏斯聽到這個問題，臉上**倏地**閃過一下警戒的神色，他沉默了片刻後，說道：「我要說的已說完了，你們請回吧。」

說完，他頭也不回地轉身走回屋內，就在這

時，福爾摩斯**出其不意**地殺出一句：「森美被人殺死了。」

　　森柏斯仿如遭到**電擊**似的，霎時全身**顫動**了一下，他緩緩地回過頭來，問道：「你說什麼？」

　　　　「我說，森美被人殺死了。」

　　福爾摩斯冷靜地把說話重複一次。

森柏斯突然發瘋似的衝前，一手**揪住**大偵探的胸口，**目露兇光**地喝問：「哪個森美？你說的是哪個森美？」

「他原名**辛格**，是當年荷夫曼部隊的二等兵，五年前在阿富汗的戰場上當了**逃兵**。」福爾摩斯不慌不忙地說，「後來化名來到倫敦教書。」

「他是怎樣死的？什麼人殺了他？」

「實不相瞞，我們是私家偵探，並不是基金會的人，這次來是為了調查辛格被殺一案是否與荷夫曼有關。」福爾摩斯說，「如果你肯把辛格和S族士兵的事告訴我們，我也可以把辛格被殺的前後經過告訴你。」

森柏斯沉吟半晌，然後才下決心說：「好吧。」

接着，福爾摩斯就把炸彈勒索案和森美如何被殺的事一五一十地道出，最後，他特別加了一句總結道：「森美，不，辛格是M博士一夥殺的。不過，他其實是間接死在荷夫曼的手上。」

「荷夫曼……他竟然想出這麼毒辣的詭計來借刀殺人，那個老奸巨猾的傢伙，實在罪

無可恕！」森柏斯咬牙切齒地說，「可憐的辛格，在戰場上逃過荷夫曼的**魔爪**，來到倫敦反而逃不出……」說到這裏，他再也說不下去了。

在情緒平復過來後，森柏斯把當年發生的事**和盤托出**。

原來，當年在戰場附近一條村莊發生了一宗殺人案，受害人是一個十多歲的少女。她的弟弟目擊事發的經過，認得是三個**英兵**所為，可是，他因為年紀小，並沒有記住那三個英兵的容貌。

村民**群情洶湧**，聲言如果不交出兇手，就會拚死與英軍一戰。荷夫曼知道要**鎮壓**沒有

槍械的村民不難，但道理不在己方，如因此出兵鎮壓的話，不但會挑起更大**民憤**，對他的部隊屯駐當地準備與敵軍決戰還會帶來重大影響。

本來，他只要把那三個犯事的英兵**槍斃**就可平息民憤了。可是，當中卻有一個是他的侄兒，他實在無法**大義滅親**。而且，只因一個異族少女被殺而處決三個英格蘭士兵，也會大大影響軍心。

於是，他心生一計，決定找三個S族的印度裔士兵作為**代罪羔羊**。其中一個，就是辛格。

「當時，其實大家都知道內情，可是，沒有人敢向荷夫曼上校提出反對意見。」森柏斯回憶道，「要知道，在戰場上與上級公然對抗，只有死路一條。況且，軍中種族歧視很厲害，英格蘭士兵也寧可把非我族類的印度裔士兵來頂罪，所以他們樂於選擇沉默。」

「可是，為什麼辛格後來又變成逃兵，沒有被處決呢？」福爾摩斯問。

「因為部隊中有人同情他們，暗中打開了囚室，把他們放走了。」森柏斯說，「可是，三人中只有辛格跳河逃脫，其餘兩人卻被逮住，第二天就被問吊處死了。」

「那個同情他們的人，難道就是……」華生問。

「沒錯，就是我。辛格他們在一次戰役中冒

死救過我，我不忍看着他們白白**含冤而死**。可是，我只救活了一個，其餘兩個卻……」森柏斯痛苦地說，「問吊那天是**4月4日**，我永遠忘不了那一天。當天，其中一個被套上**繩圈**時，還**仰天長嘯**，高叫要辛格為他們伸冤……」

說到這裏，森柏斯聲音哽咽，再也說不下去了。

然而，華生卻仿似聽到那個悽厲的叫聲在耳邊響起——**辛格！辛格啊！你一定要為我們伸冤！一定要為我們伸冤呀呀呀呀呀呀！**

一股沉重的氣氛籠罩着三人，令他們**久久不能言語**。

「我明白你的心情。」福爾摩斯打破沉默，試探地問道，「你退役後曾見過化了名的辛格吧？」

森柏斯抬頭看着大偵探，臉帶疑惑地問：「是的，你怎知道？」

「我剛才說**森美**被人殺了，你不是大為緊張嗎？如果你沒見過已化名森美的**辛格**，怎會有那種反應。」

「原來如此。」森柏斯點點頭，「其實，我最近才與他**重聚**，他說當日跳河逃走後，**輾轉**走了幾個月路才回到印度家鄉，並知道兩個同伴已死了。」

「那麼，他為什麼又來到倫敦呢？」福爾摩斯問。

「他本來已**身心疲累**，想忘記那個**慘劇**。」森柏斯說，「可是，他年多前得悉荷夫

曼已經退役，並且藉慈善基金會**斂財**後，仇恨的怒火又重燃起來，才偷渡來到倫敦，並**伺機報仇**。」

「對了，你剛才□□**聲聲**說基金會斂財和他們的高層中飽私囊，又是怎麼一回事呢？」

「哼，是辛格告訴我的。基金會對外聲稱會把善款捐給軍人的**遺屬**，可是，S族士兵在印度的遺屬卻從沒收到那些錢。」森柏斯憤怒地說，「辛格來找我，就是想我協助他一起

找荷夫曼**算賬**。不過，你剛才也看見了吧，我的兒子還那麼小，我可擔當不起與荷夫曼對抗的風險，所以婉拒了他。不過，我後來暗中打聽，證實荷夫曼和他的侄兒確有嫌疑聯手**侵吞善款**。」

「你可以為我們作證，指控荷夫曼冤枉好人和把善款**中飽私囊**嗎？」福爾摩斯問。

森柏斯猶豫了一下，搖搖頭說：「對不起，我無能為力。首先，我並沒有掌握任何物證，並不容易令荷夫曼和他的侄兒入罪。其次，就算真的可以入罪，但以前的同僚會怎樣看待我呢？他們只會把我視為**無事生非**、**無風起浪**的傢伙。要知道，大家都想把這個冤案埋葬在內心深處，永不提起。沒有人想把染了血的手再翻出來看，再受一次**良心的責備**啊！」

「可是，辛格他們又怎樣？**難道你忍心讓他們這樣含冤下去嗎？這樣對他們公平嗎？**」華生責問。

森柏斯狠狠地盯着華生，憤怒地說：「你以為我想就這樣算數嗎？但人生就是這樣，沉冤莫白的事太多，哪能每次都得到昭雪平反！」

「可是——」華生想反駁，但又想不出合適的用詞。

這時，福爾摩斯兩眼突然閃現出一下嚇人的光芒，他說道：「森柏斯先生，我非常明白你的**顧慮**和**心情**，人生確實有很多**沉冤莫白**的事情，也不是每個人都有能力去昭雪。不過，這個案子既然撞到我的頭上來，就讓我來代你為辛格他們做點事吧，就算不能為他們伸冤，我也一定會令荷夫曼和他的侄兒償償**冤枉無辜**和利用死人斂財的**代價**！」

借刀殺人

　　兩人離開森柏斯的家後，馬上跳上一輛剛好經過的馬車，直往倫敦著名的**鴉片煙窟**——上史灣登巷——飛馳而去。*

　　馬車上，福爾摩斯閉目不語。

　　華生不敢出聲打擾，他猜測老搭檔正在**盤算**着怎樣對付那個強大的敵手——荷夫曼，一個位至少將、又**身經百戰**的人。從辛格報仇不成反而丟了性命就可知道，要對付這麼**奸詐**的人絕不容易。福爾摩斯必須想出一個令對方意想不到的辦法，才能**出奇制勝**，殺他一個**措手不及**。

　　「華生，你知道嗎？我犯了一個很大的錯

*有關此地的描述，請參看《大偵探福爾摩斯⑥乞丐與紳士》。

誤。」忽然，福爾摩斯輕輕地吐出一句，打斷了華生的思緒。

「錯誤？什麼錯誤？」華生感到錯愕。

「聽完森柏斯的憶述後，我才知道辛格（森美）和卡特背後並沒有什麼主腦，那個主腦其實就是辛格自己。所以，那面在月曆上打了叉的英國旗，並不是什麼暗語，它其實是一個……」福爾摩斯咬一咬牙，然後才沉痛地說，「一個控訴。」

「控訴？」華生不明所以。

「對。」福爾摩斯歎了一口氣，「那是辛格含着**血淚的控訴**，對這個國家的控訴。」

「啊！」

「不是嗎？辛格他們為英國在戰地上**衝鋒陷陣**，不但沒有得到**褒獎**，還成為了英格蘭士兵的替死鬼，他們又怎會不憎恨這個國家？」

「原來如此。」華生終於明白了，「所以，他就在英國旗上打叉，以**宣洩**自己心中的憤恨。」

「對，辛格在月曆上打的那兩個叉，只是用一個**迂迴曲折**的方法，記下他實行控訴的日子！」福爾摩斯語帶苦澀地說，「所以我在想，既然辛格背負的是一段**血海深仇**，要對付的又是一個法律難以制裁的奸詐小人，如果

他沒死去，我還應該阻止他的**復仇**嗎？」

「哦？難道你認為應該放過他？」

「我**反復思量**，得出了一個結論。」福爾摩斯抬起頭來盯着華生說，「我無法不同情他，但我還是會把他**繩之以法**，因為不管什麼原因，都絕不容許以放炸彈的手段來達到報仇的目的。」

「這個我明白。」

「不過，他已為自己的行為付出了**代價**，還未來得及威逼荷夫曼支付**勒索金**，卻連性命也丟了。」

「是的，這個代價很沉重。」

「但難得的是，他在整個行動中都留一線，並沒有真的讓炸彈爆炸，可見他只是為了達到目的而**虛張聲勢**而已。」福爾摩斯又歎了一

口氣，「從這一點看來，他是一個本性善良的人，並沒有被**仇恨的怒火**摧毀了理智。我估計，如果勒索成功，他一定會把錢匯給S族士兵在印度的**遺屬**。」

華生領首同意：「他一定會這樣做。」

「所以，我有必要為他**討回公道**！」

「難道你想告發荷夫曼，把他送上法庭？」

「不，那樣做沒有什麼用處。荷夫曼當年以S族士兵當**替死鬼**的事，沒有證據也沒有證人，根本難以翻案。至於辛格被殺一案，行兇者是M博士一夥，警方也無法控告荷夫曼。當

然，我們可以揭發他侵吞善款，但以他這麼精明，必定會找到脫罪的方法。」福爾摩斯一頓，眼裏閃過一下兇光，「對付這個卑鄙小人，我只能以其人之道還治其人之身！」

「什麼意思？」華生慄然一驚。

福爾摩斯臉上掠過一抹令人心寒的邪氣，只是陰沉地看了華生一眼，並沒有回答他的問題。不一刻，馬車已來到了上史灣登巷。

「你在車上等着，我辦點事情，一會就回來。」說完，福爾摩斯獨個兒跳下車，像幽靈似的消失在陰暗的小巷盡頭。

華生感受到老搭檔身上散發出來的那股邪惡之氣，心中不禁浮現莫名的恐懼：「福爾摩斯究竟在想着什麼？他臉上為何會露出那麼嚇人的表情？他來這種三教九流的地方幹什

麼？這跟對付荷夫曼有什麼關係？」

一連串問題在腦海中縈繞，但華生想來想去，也想不出一個所以然來。

半個小時後，福爾摩斯又像幽靈似的從小巷的盡頭，踏着沉重的步伐走回來了。他低下頭板着臉，避開華生的眼神鑽進車廂中，然後喃喃自語：「可惡的荷夫曼，竟然沾污了我的手。」

「沾污了你的手？」華生想問，但看到福爾摩斯那陰沉的表情，又不敢開口。

　　數日後，李大猩和狐格森好像自己破了一宗大案似的，**興高采烈**地來到貝格街221號B。

　　兩人一進門，就捉住華生笑道：「嘿嘿嘿，你知道嗎？那個荷夫曼和他的侄兒在一夜之間突然**失蹤**了。」

　　「失蹤了？怎會……？」

華生大驚，他瞥了一眼正在閱報的福爾摩斯，卻看到他毫無反應。

　　「**哈哈哈！**」李大猩興奮地說，「我們

從黑道的線人那邊收到可靠消息，據說荷夫曼和他的侄兒被M博士追殺！」

「怎會這樣？」華生更驚訝了。

「你有所不知了，原來那宗炸彈案是荷夫曼和他的侄兒策劃出來的，他們只是利用了M博士的名義來犯案。」狐格森口沫橫飛地說，「M博士得悉真相後非常憤怒，於是，就動員所有黨羽去追殺荷夫曼兩人了。」

「幸好我們在教堂找到炸彈，否則就會讓荷夫曼他們得逞了。」李大猩得意洋洋地說，「嘿嘿嘿，但惡有惡報，黑道傳聞他們兩人可能已被綁上大石，沉到泰晤士河的河底去了。」

「不過，也有人說他們

已連夜逃出了英國，跑到**美國西部**躲起來了。」狐格森補充。

「對了，你們記得那個從四樓摔下來的卡特嗎？他昨天已恢復意識了。」李大猩說，「他聲稱有個**神秘人**以暗語和他接頭，第一次是要他把一個包裹放到**大笨鐘**去。第二次則要他把包裹放到**聖保羅大教堂**裏藏起來。他說只是收錢做事，並不知道那兩個是炸彈。」

「看來那傻瓜說的是實情，他和森美都是荷夫曼的**馬前卒**，那些暗語就是荷夫曼向他們傳達的指令。」狐格森**繪影繪聲**地說，「哈哈哈，但得罪了M博士一夥，這兩個馬前卒率先當災，也是活該。」

華生聽完兩人的說話後，不動聲色地偷偷看

了老搭檔一眼。他知道，福爾摩斯和他一樣，聽到蘇格蘭場孖寶這番**愚蠢**的說話後，馬上明白卡特其實是辛格（森美）的馬前卒，那張折紙上的**指令**是辛格發出的。

卡特

辛格（森美）

指令

「不過，那個M博士也真**神通廣大**，竟然知道冒認他的人是荷夫曼。」李大猩有點佩服地說。

一直在看報紙沒理會他們的福爾摩斯，忽然抬起頭來，語帶怒氣地**下逐客令**：「你們說完了嗎？我要看報紙，請回吧。」

「怎麼啊？我們是好心來報告案情的呀，不用**黑着臉**說話呀。」李大猩不滿地說。

「你們報告完了吧？我不想再聽任何有關這個案子的事情，**請回吧！**」福爾摩斯滿臉怒容。

「他今早是不是吃錯藥了？」李大猩用食指指着自己的腦袋，向華生問道。

「對，他在生誰的氣？你一早起來得罪了他嗎？」狐格森問。

華生還未來得及回答，福爾摩斯已大罵：

「不要再吵了，快給我滾！」

李大猩和狐格森給嚇了一跳，連忙衝出門走了。

福爾摩斯看到兩人走後，又黑着臉繼續看他的報紙去了。

華生想知道老搭檔為何無緣無故地大發脾氣，但又不敢問。他也想問，為何M博士會知道冒認他的人是荷夫曼呢？因為，這宗勒索案從未在報紙上曝光，而得悉荷夫曼冒認M博士簽名的只有首相府幾個高層，沒有人通風報信

的話，M博士絕不可能查出這個**真相**。

　　突然，華生眼前浮現一句說話——**以其人之道還治其人之身**！他記得，當天去鴉片煙窟那條小巷時，老搭檔說過這句說話。想到這裏，華生腦子裏突然**靈光一閃**，他終於恍然大悟。

　　通風報信的人是福爾摩斯！

　　當天，福爾摩斯去那裏，是為了**散播**荷夫曼與勒索案有關的消息！在那種黑道中人雲集的

地方，這種消息會很快就如細菌般馬上散播開去。而且，M博士在當時也應該一直在監視着他們的一舉一動，他會在頃刻之間知道真相。

福爾摩斯所謂的「以其人之道還治其人之身」，其實是把荷夫曼利用M博士來對付辛格的方法，反過來用在荷夫曼身上。

那方法不是別的，就是——借刀殺人！

福爾摩斯利用M博士來替辛格報仇！

華生想到這裏，不禁全身打了一個寒顫。他偷偷地看了一下仍然滿臉怒容的福爾摩斯，終於明白老搭檔為何生氣，和為什麼當晚說——可惡的荷夫曼，竟然沾污了我的手。

福爾摩斯為自己使用這種卑鄙的報復方法感到不光彩，他其實是生自己的氣。或許，他會覺得這是他整個偵探生涯中的污點，他確實

沾污了自己的手。

想到這裏，華生想對福爾摩斯說：「你是**迫不得已**的，否則就無法**伸張正義**，無法為辛格他們討回一點公道了。」可是，華生還是忍住了，他知道，無論自己說什麼也**於事無補**，福爾摩斯不會原諒自己，他一生都會背負着這個無法洗淨的**污點**。

不久，華生從退伍軍人的朋友圈子中，得悉首相府接管了退伍軍人慈善基金會，並親自派特使去到印度，把多年來被荷夫曼**侵吞**的善款送到印度裔士兵的遺屬手上。

然而，令人遺憾的是，在阿富汗戰場上發生的那一宗**冤案**，卻仍然**石沉大海**，完全沒有人提及。當然，他也知道，要是為這一個冤案翻案，可能還會揭出更多軍中的醜聞，必會

引發一場極大的**政治風暴**。政府高層肯定都不想觸碰這個**燙手山芋**。

　　但令華生感到欣慰的是，幾個月後，首相府在倫敦的中央公園內樹立一個紀念S族二等兵的**銅像**，而在銅像下方的基石上，還刻上了S族陣亡士兵的名字。**辛格**和他那兩位**同伴**的名字，亦在其中。

　　華生知道，這一定是福爾摩斯向政府高層進言和從中**斡旋**的結果。不過，他卻完全沒意料到，在數年之後，福爾摩斯竟在美國西部與那個可惡的荷夫曼再次碰頭，並掀起另一場更血腥的**西部大決鬥！** *

*有關福爾摩斯在美國西部的故事，請參看《大偵探福爾摩斯⑳西部大決鬥》。

數學小遊戲

　　福爾摩斯破解了月曆上的暗語，大家一定嘖嘖稱奇吧。其實，他還有一個小秘密沒有說出來。原來，只要把九宮格內中心的那個數字乘以2，就可算出「米」字的任何一條線的頭格和尾格相加後的結果。以故事中的暗語為例，九宮格中心的數字是「9」，9 × 2＝18。

　　很有趣吧？還有一個更有趣的秘密是，我們還可以用以下方法在一瞬間之內就算出九宮格內9個數字的總和呢。

			1	2	3	4
5	6	7	8	9	10	11
12	13	14	15	16	17	18
19	20	21	22	23	24	25
26	27	28	29	30		

中心數字 × 9格＝九宮格內數字的總和

　　以本故事的月曆為例，九宮格內數字的總和是81，而中心數字9乘以9格也是81呢！

1+2+3+8+9+10+15+16+17=81
9X9格=81

　　這個遊戲除了可在月曆上玩外，還可在任何3行順序的數字上玩。

1	2	3	4	5	6	7	8	9	10	11	12	13
14	15	16	17	18	19	20	21	22	23	24	25	26
27	28	29	30	31	32	33	34	35	36	37	38	39

　　你只要在表中隨意選出任何一個九宮格，按照上述的法則，都可計算出九宮格內的總和呢！不信的話，自己試試看吧。

福爾摩斯小勞作——自製一本小書

請沿黑色實線把右頁的「福爾摩斯小勞作紙樣」剪下，並參考本書p.58刊出的摺法，先摺藍虛線、再摺紅虛線，最後摺綠虛線，共摺三摺。

摺好後，p.1的「逃亡之夜」排在前面第1頁，方為正確。

然後，沿着「逃亡之夜」頁面上的黑色虛線，剪去2條書邊。接着，用釘書機在綠色虛線上下釘，一本你自製的小書就完成了。

這時你會發現，這本小書與本集開首16頁的順序完全相同。因為，一般的書本，就是這樣拼版和釘裝而成的啊！

大偵探 福爾摩斯
—— 米字旗殺人事件 —— ㉖

原著人物 / 柯南・道爾（除主角人物相同外，本書故事全屬原創，並非改編自柯南・道爾的原著。）

小說&監製 / 厲河　　　　繪畫&構圖編排 / 余遠鍠

封面設計 / 陳沃龍　　　內文設計 / 麥國龍、葉承志　　　編輯 / 盧冠麟、郭天寶

出版
匯識教育有限公司
香港柴灣祥利街9號祥利工業大廈2樓A室

f 大偵探福爾摩斯
想看《大偵探福爾摩斯》的最新消息或發表你的意見，請登入以下facebook專頁網址。
www.facebook.com/great.holmes

承印
天虹印刷有限公司
香港九龍新蒲崗大有街26-28號3-4樓

發行
同德書報有限公司
九龍官塘大業街34號楊耀松（第五）工業大廈地下
電話：(852)3551 3388　　傳真：(852)3551 3300

第一次印刷發行
第八次印刷發行
Text：©Lui Hok Cheung
©2014 Rightman Publishing Ltd. All rights reserved.

2014年10月
2019年9月
翻印必究

ISBN:978-988-77861-6-0
港幣定價HK$60
台幣定價NT$270

若發現本書缺頁或破損，請致電25158787與本社聯絡。

大偵探福爾摩斯 印花 ㉖

福爾摩斯小勞作紙樣

（請沿黑線剪下此頁）

12

慈善募捐

五年後，......他們都準備好了。

13

在森林中的一個軍營......

逃亡之夜

4

1

5

8

16

冤枉呀！冤枉呀！

9

的安排了！當上了傭敍軍事學院的一名...

將來你是在住院生之後，在名年輕地們的迅...

從軍人家開始，又是敢敢連隊地走出遠而的迅...

亡軍人的尿，所以這將軍大的英正的尿事。

這一天，就天先...是我是...

人為了尉于全國的特種軍人的...

本身，將人都會...成...都有...的尿...

力和成遠地，只是軍地地...

觀照三分。

之門外。

不既起地死在。

喀嚓11

一直在他身旁的那...

領軍隊少將...他當者...

為叫：行列眼!行...

別! 他的為叫...赫然...

亮。謝謝你下了他內之的...

恐懼地。

刺子手拿著的那把刀，用...

盡全身的氣力，一刀地...

一擊，把行列眼的脖子...

下來。

「他」一頭黑影...的事件...

「記住，為一個黑影之中...就是...之迷...

「好，就是這樣的。中又為什么...

軍己」甲格的...

剛！為大家影影彩彩。

「幸格」在甲格的尿中之迷...

天然。「連連正!連連正!」一...

星。忘了這些叫迷眼」甲大...是在...

「大伙，來了它。「可能也...

命的本身少有... 一個黑影...

了，只是他迷過生...

天，我以甲格的尿多...現不了...

我們以甲格地...一個電影不...

閣寺」就是這樣...

上校，天然不是...

校尽气。「來不是...

的甲尽尽他们...

限在...

「全班天最小」他们夫...

忍了...

「生口」在本中我...

校尽，一堆正...的...

瘋狂!

一定要，熱...

一定...神定...

幸格!

幸格阿!

冷祥叫人低到了不淮，然而，會地地兼...

嘯庄之後，牙然地尽天本尽...牙尽大本...

中，成王兩地中...退进生正大人...我...

超幾100萬元，這這本人的退款而行...

就你向未尽的過去... 這進我们...

你想去又尽...塘争，回馬正...

為了瓜矯你進進生正本人有...進執...

州的豐王主都你他死将空...中嘩...

本長是上校成在尿...高身手令：

「好」我去...我又大放了」上...

呻！你一定要等為河哺!一定要...

「怕我们神民吃吃吃吃吃吃!」

好刺!

某夏风尽尽生了城上。一城, 慢起尽...

被一神州正本了一社尿。

以本放尽。

在某夏风尽尽生了城上。一城...

在本尽之中，一环眼照出地...一...

尿, 一進尽月天尽下落...。稼上, 尽本尽...